AF396303

DES

ENSEIGNEMENTS

DE LA SITUATION PRÉSENTE

PAR

M. ADOLPHE BAUDON.

Extrait du CORRESPONDANT, n° du 14 janvier 1849.

PARIS

SOCIÉTÉ TYPOGRAPHIQUE.

DESOYE, IMPRIMEUR,
RUE DE SEINE, 32.
1849

DES ENSEIGNEMENTS

DE LA SITUATION PRÉSENTE.

Les époques des grandes calamités publiques sont fécondes en enseignements, et les épreuves par lesquelles passent alors les nations ne sont pas seulement des châtiments de leurs fautes passées, mais des leçons solennelles pour l'avenir. A ces moments, il importe au plus haut degré de profiter de ces indications si chèrement achetées, de rechercher les causes des maux dont on souffre, d'en sonder les profondeurs, d'en étudier les remèdes. On a dit de l'expérience qu'elle est une flamme qui n'éclaire que ceux qu'elle dévore. Cet adage peut-être est encore trop optimiste. Car, que de fois n'a-t-on pas vu les peuples se replonger comme à dessein dans les mêmes erreurs, renouer le fil des fautes que la Providence avait mystérieusement rompu, et courir ainsi aux catastrophes dont ils sortaient à peine !

A ce titre, la situation présente est digne des méditations les plus sérieuses. Aucune ne s'offre aux regards du publiciste et de l'historien avec des caractères plus saillants. Jamais il n'y eut une ruine semblable dans les principes politiques et sociaux, dans les intelligences, dans les fortunes; jamais la table rase ne fut aussi complète, jamais la liquidation, qu'on nous passe le mot, ne fut aussi radicale. Jamais, par conséquent, il n'importa plus de scruter les causes de ce désastre immense, et jamais on ne fut plus libre d'appliquer le remède ; c'est à la fois le côté douloureux et le côté favorable de notre situation.

On le voit, ce travail est infini dans ses détails ; mais dans l'ensemble il se simplifie, parce que tout peut se réduire à quelques principes, d'où le bon sens public et le temps tirent ensuite les conséquences. C'est cette esquisse que nous allons tenter, esquisse défectueuse, incomplète à bien des égards, mais qui ne sera pas sans utilité, si elle peut attirer sur un aussi grave sujet une étude approfondie.

Trois grands désastres, l'avons-nous dit, sont à déplorer : le désas-

tre des principes politiques et sociaux, le désastre des intelligences, le désastre des fortunes. C'est par ce triple côté que la société contemporaine est ébranlée ; ce sont donc trois études particulières à essayer.

Désastre des principes politiques et sociaux. Ce n'est pas sans dessein que nous débutons par ce point de la question, au rebours très-certainement des préoccupations publiques. Ce qui frappe, en effet, les esprits aujourd'hui, ce qui leur fait prendre avec désespoir la situation présente, ce n'est pas la mobilité de l'opinion, qui admet aujourd'hui ce qu'elle doit abandonner demain, qui élève un homme sur le pavois pour l'en précipiter aussitôt. Tel n'est pas le symptôme dont s'alarme le public, si prompt pourtant à s'alarmer ; son sujet de crainte et de regrets est ailleurs, il est dans la crise financière, dans la banqueroute de l'Etat, dans la ruine des particuliers, qui pèsent comme de hideux cauchemars sur toutes les intelligences. Or, à notre avis, le mal le plus grand n'est pas dans la banqueroute financière, qui évidemment peut être évitée, mais dans la banqueroute morale, si l'on peut ainsi parler, banqueroute qui a l'inconvénient mille fois plus grave de tarir toutes les sources de vie, d'intelligence et d'activité dans la nation, banqueroute dont on ne relève qu'après de longs efforts et de longues années, tandis que l'autre se guérit par quelques années de travail, de concorde et de paix.

Oui, on n'en saurait douter, ce qu'il y a de plus grave dans notre situation, c'est ce manque total de foi politique et sociale. On a vu la France plus profondément remuée par les partis du temps de la Ligue et de la Fronde, on l'a vue plus déchirée par les factions aux jours sanglants de notre première révolution, plus abattue par les revers à l'époque de nos désastres militaires ; on ne l'a jamais vue si flottante, si indécise, si incertaine d'elle-même, si prompte à tout accueillir à la légère pour ne rien accepter en définitive. On était autrefois Armagnac ou Bourguignon, ligueur ou huguenot, du parti de la noblesse ou de la cour, du peuple ou de la monarchie ; mais on était quelque chose, on savait mourir pour son principe, on y immolait sa fortune, celle de ses enfants, et, comme Louis XIV, on vendait son argenterie pour sauver l'Etat. Aujourd'hui un seul parti a survécu ; c'est autour de lui seul que tout se groupe et se presse des points les plus opposés de l'horizon ; c'est lui qui est l'âme de toutes les combinaisons, qui soulève toutes les répugnances, comme il excite toutes les sympathies, qui décide en un mot de la fortune, de la renommée, du pouvoir : ce parti, c'est celui du cinq pour cent. Et qu'on ne se figure pas qu'il règne seulement dans les classes aisées : il domine dans toutes. Si la République est peu en faveur parmi les habitants des campagnes, ce n'est pas question de principes, c'est question des 45 centimes. Si les doctrines socialistes s'infiltrent dans la classe ouvrière des villes, ce n'est pas tant conviction que désir de jouir. La jouissance, tel est donc le pivot sur lequel roule notre état politique, la jouissance en tout et pour tous, la jouissance sans limite ; et comme malheureusement c'est un rêve insaisissable, comme plus on la poursuit à travers tous les ébranlements plus elle s'obstine à s'échapper, il en résulte un malaise universel qui travaille la société et tourmente les esprits les plus optimistes.

Le mal est certain, et qui pis est, il date de longues années ; il date du jour où l'on a proclamé les intérêts matériels au niveau, sinon au-dessus des intérêts d'opinion et de parti. « Nous tournons à l'ignoble, » disait, dans un de ses moments d'expansion, un des ministres les plus fortement trempés du dernier gouvernement, et ce mot prophétique n'avait eu que trop le temps de se réaliser déjà depuis l'époque ancienne, où il avait été prononcé. Malheureusement, il est plus facile de signaler le mal que le remède, et on produit la corruption plus vite qu'on ne la guérit. Toutefois, malgré cette difficulté, il ne faut point se décourager, et il faut chercher dans la situation présente la solution du problème. C'est en avertissant la conscience publique qu'on l'éclaire à la longue ; c'est surtout en profitant de l'époque actuelle qu'on peut redresser les mœurs du pays et rétablir le sentiment de l'honnêteté et du devoir.

Quel était jusqu'au mois de février le mobile le plus puissant de notre conduite, si ce n'est le luxe ? Pour s'adapter à toutes les situations, il revêtait toutes les formes ; faste chez les uns, comfort exagéré chez les autres ; amour du bien-être dans les rangs inférieurs de la société, il s'infiltrait goutte à goutte jusqu'au cœur de la nation. Non-seulement il fallait au riche un grand train de vie en rapport avec sa position, mais il fallait à l'homme aisé un état de maison capable de rivaliser avec celui des personnes d'un rang élevé, et à l'ouvrier des bals, des fêtes pour charmer ses loisirs du dimanche et du lundi. Dans tous, c'était le goût de la dépense, indépendamment des ressources. A l'instar des grands pouvoirs de l'Etat, chacun commençait son budget de famille par le chapitre des dépenses et finissait par celui des voies et moyens, et comme le particulier n'avait pas pour combler son déficit les mêmes ressources que le Trésor public, comme il n'avait pas la facilité des crédits supplémentaires et des centimes additionnels, il fallait recourir à d'autres expédients, l'emprunt ou la spéculation ; il fallait ou se ruiner petit à petit par l'accumulation des intérêts impayés, ou tenter la voie si dangereuse de l'agiotage.

Or, pour une nation engagée presque tout entière dans cette voie, il faut des jours calmes et tranquilles. Pour que les emprunts puissent s'amortir, pour que les spéculations réussissent, pour qu'enfin la liquidation ait le temps de se faire, il faut avoir devant soi de l'air et de l'espace, c'est-à-dire avant tout le *statu quo*. Qu'on ne s'étonne donc plus de cette indifférence qui sacrifie toutes les opinions, de ce laisser-aller pour les choses publiques, qui subordonne tout aux calculs d'intérêt privé, de cette mollesse qui, une fois la fortune réalisée, redoute la moindre agitation, de cette soif effrénée de jouissance, de cette crainte pusillanime du moindre orage. Ce sont les conséquences inévitables du principe posé, et il en ressort une plus forte encore : l'abâtardissement de toute la nation. Car, lorsque les hommes ne savent ni mourir ni même vivre pour leurs idées, lorsque les mères et les femmes ne savent plus exciter leurs fils et leurs maris au courage civil ou militaire, la gangrène est bien près de gagner un corps social aussi désorganisé, et au premier accident la décomposition totale doit s'opérer.

Aujourd'hui la main de Dieu ne nous a-t-elle pas délivrés de toutes ces choses ? Aujourd'hui, qui pourrait penser au luxe, qui en aurait les loisirs, et surtout la possibilité ? Après cette terrible nuit du 24 février, cette effrayante journée du 17 mars, où la propriété en péril était, pour ainsi dire, suspendue à un fil, qui songerait à attirer sur soi les regards par l'éclat du faste et de la dépense ?

Le luxe est donc mort, avec toutes ses ruineuses illusions et ses chimériques extravagances. Le luxe est anéanti. Eh bien ! que le premier enseignement à tirer de l'époque actuelle soit de n'en plus faire renaître les coupables exagérations. Que chacun, rentrant en soi-même, et jetant un coup-d'œil à la fois sur son passé et sur son avenir, ne regarde plus comme l'idéal de ses désirs le moment où il lui sera possible de commencer à nouveau la vie des jouissances et des frivolités. Qu'il rompe, et pour le présent et pour le futur, avec ces idées de mollesse. Qu'il accepte la vie simple, la vie modeste, la vie conforme à son rang, comme choses non-seulement tolérables, mais utiles, et un grand pas aura été fait. Car le luxe insolent et égoïste ne sera plus affiché aux yeux d'une foule avide comme un défi à sa misère, et ne jettera plus dans son sein des ferments de haine en excitant son envie. Car on pensera plus à l'intérêt général parce qu'on aura moins à se préoccuper de son intérêt privé, et la France aura des générations plus mâles, plus exemptes de besoins, plus endurcies à la peine, ayant par conséquent le courage de leurs idées et sachant les défendre au péril de leur repos, de leur fortune, de leur vie ; elle aura enfin reconquis l'activité sociale qui s'est complètement éteinte dans les douceurs de la paix et d'une civilisation trop raffinée.

Mais un autre enseignement est à tirer des circonstances présentes ; car si le culte des intérêts matériels a grandement contribué à énerver le pays, une seconde cause non moins influente a agi dans le même sens ; cette cause, c'est l'excès de la centralisation administrative.

L'excès de la centralisation administrative ! Voici bien longtemps que des voix trop peu écoutées le dénoncent à l'opinion publique ; voici bien des années qu'on réclame contre l'abus d'une bureaucratie qui met l'administration du pays sous le joug, non pas des hommes supérieurs, des ministres et des sous-secrétaires d'Etat, mais des employés subalternes et des commis. Car, sauf le cas extrêmement rare d'un ministre spécial et homme d'étude, tout grand projet de loi est, en vertu de notre organisation administrative, forcément l'ouvrage des intelligences les moins élevées, et c'est ce qui explique pourquoi, dans le temps où les circonstances n'y contraignent pas absolument, les sessions législatives se résument en trois mots, *rien, rien, rien*. En d'autres termes, la brouille tue la grande pensée, la signature écrase le projet de loi ; la vie, à force d'être concentrée au cœur de l'administration, s'y étouffe et si éteint ; et tandis que le ministre anglais, libre des soucis de détail, porte son intelligence sur les hautes questions de tarif, de législation, de politique, le ministre français, fût-il un Sully ou un Colbert, sent son génie expirer sous le poids des dossiers et des cartons administratifs.

S'il en est ainsi au centre, qu'est-ce donc à la circonférence, là où toute initiative est suspendue, là où tout est en tutelle, pour ne pas dire en servitude ? Au delà de la coûteuse et éternelle paperasserie, qui, à elle seule, est déjà un mal, au delà des affaires mal faites et jamais terminées, il y a un symptôme bien autrement grave, celui de la torpeur générale. Comme ce n'est pas dans la localité que se tranchent les questions locales, qu'il n'y a que le projet et non pas la décision, l'ennui des intérêts publics prend toutes les intelligences ; le défaut de responsabilité, le manque d'un devoir à remplir affaissent tous les caractères. Et si on en doute, que l'on compare la vie publique de l'Anglais avec celle du Français, de l'Anglais qui, à chaque instant de son existence, participe à la puissance de l'Etat tout en restant simple particulier ; qui y participe comme chargé du soin des routes, des ports, des canaux, des chemins de fer, comme délégué de sa paroisse, de son comté. Que l'on compare cette vie remplie, attachante, qui forme des citoyens dévoués, qui nourrit le patriotisme, avec la vie, avec la liberté, avec l'indépendance de nos conseillers municipaux, de nos conseillers d'arrondissement ; et, après cet examen, il est incontestable que l'on comprendra pourquoi l'amour du pays est si fort dans un peuple, si faible dans l'autre ; pourquoi le pouvoir est si respecté au delà de la Manche, si peu en deçà ; car on ne s'attache qu'aux institutions auxquelles on participe d'une manière ou d'une autre, qu'à celles qui garantissent votre indépendance et votre dignité ; et, lorsque ce stimulant fait défaut, l'amour du bien public s'affaiblit promptement. Qu'on rende donc aux départements, aux communes toute l'indépendance qui pourra leur être accordée sans nuire à l'harmonie de l'Etat, et chaque ville, chaque département verront se former à la vie sociale des hommes dévoués et intelligents : dévoués, parce qu'ils auront des devoirs à remplir ; intelligents, parce qu'ils sentiront la nécessité de consacrer leur esprit à un travail honorable.

Cette idée générale est d'une évidence telle que bien peu de personnes se hasardent à la combattre de front ; mais ce qu'on cède en masse on s'efforce de le reprendre par le détail ; il importe donc d'indiquer quelques réformes pratiques et faciles, afin de n'être pas repoussé par une fin de non-recevoir générale.

Tout le monde est d'accord qu'il ne s'agit pas de reconstituer de nos jours les anciennes provinces ni d'établir le fédéralisme. Tout ce qui touche à l'unité de la nation doit être religieusement préservé ; ainsi unité dans la législation civile, commerciale et criminelle, unité dans les finances, unité dans l'organisation de la force publique, ou, en d'autres termes, centralisation pour les lois, pour l'impôt perçu au nom de l'Etat, pour l'armée. Voilà des points en dehors de toute discussion, et ceux qui semblent s'alarmer au nom de ces intérêts primordiaux font en général preuve de plus de tactique que de bonne foi. Le temps des coutumes locales est passé pour ne plus renaître ; l'impôt perçu par le fisc doit être le même pour l'habitant du nord comme pour celui du midi ; l'armée doit être à la disposition du pouvoir central pour agir avec ensemble ; en un mot, il doit y avoir une France et non point une confédération française.

Mais, ceci posé, l'unité de la France ne peut-elle être maintenue qu'autant que l'administration demeure centralisée à Paris ? Evidemment, poser la question c'est la résoudre, pour peu qu'on veuille entrer dans quelques détails.

Et, en effet, lorsqu'une commune veut emprunter au-delà de 3,000 fr., l'autorisation du préfet ne suffit plus ; il faut une ordonnance du ministre ou une loi. Lorsque le budget d'un hospice ou d'une commune dépasse 30,000 fr., la comptabilité n'est plus apurée par le conseil de préfecture, mais par la Cour des Comptes ; lorsqu'un édifice départemental est à élever, il faut que les plans soient visés par le Conseil des bâtiments civils siégeant à Paris. La moindre rectification de route nationale doit passer au Conseil général des Ponts-et-Chaussées ; les travaux de défense pour un cours d'eau, les règlements d'eau subissent des formalités analogues et même plus compliquées. Lorsqu'un particulier veut obtenir la concession d'un bateau pour son usage privé sur une rivière où existe un bac, il faut non-seulement le concours du préfet, des ingénieurs des ponts et chaussées, des agents locaux des contributions indirectes, mais celui de la direction générale des contributions indirectes, du ministère des finances et du ministère des travaux publics. Or, en quoi l'unité nationale serait-elle menacée, si le préfet pouvait autoriser une commune à emprunter pour une somme double ou triple, si la même autorisation suffisait pour des sommes plus élevées avec le concours du conseil d'arrondissement et du conseil général ? si les budgets des hospices, communes, départements étaient apurés par les conseils de préfecture après le contrôle successif des conseils municipaux, cantonnaux, généraux ? si, en un mot, les préfets étaient juges de toutes les petites questions locales d'administration, sauf à prendre l'avis ou la décision des conseils placés auprès d'eux à divers titres, si même une part d'autorité était déléguée aux sous-préfets, agents trop passifs, trop subordonnés aujourd'hui ? Mais, dira-t-on, les communes, les établissements de bienfaisance, les départements sont mineurs. Soit ; mais pourquoi faut-il que leur tuteur soit le ministre de l'intérieur placé à deux cents lieues peut-être, et non pas l'autorité préfectorale à laquelle tantôt le conseil de préfecture, tantôt le conseil général, suivant les cas, serviront de conseil de famille ? Mais il se glissera des erreurs que le contrôle central relève, c'est possible ; mais le contrôle central n'en commet-il pas lui-même, par cela seul qu'il juge sur pièces et non pas *de visu ?* Et d'ailleurs n'est-ce pas une erreur permanente que ces délais interminables qui laissent tomber les édifices communaux, avant qu'on ait obtenu l'autorisation d'y mettre une pierre, qui laissent ravager les terres des riverains par les cours d'eau, pendant qu'on délibère sur le meilleur niveau à leur donner, qui dans 37,000 communes paralysent les affaires privées et publiques, et multiplient en outre les frais de correspondances, d'employés et de bureaux ? Et enfin, n'est-il pas raisonnable de se préoccuper d'un abus plus grave encore ? Si la direction générale de toutes les communes est imprudente ; si, par calcul ou par entraînement, on pousse les conseils municipaux à contracter des emprunts, à voter des centimes additionnels, comme cela se pratiquait depuis six ans au ministère de l'intérieur, à quoi peut aboutir un semblable système, sinon à la banqueroute générale des communes et à la détresse de tous les budgets départementaux ? Evidemment, pour peu

*

qu'on réfléchisse, il y a en cette matière le péril le plus grand pour la gestion de la fortune publique, à cet immense pouvoir remis à quelques hommes, et, dussent quelques erreurs de comptabilité, quelques fautes d'administration se glisser dans le système nouveau, elles n'aboutiraient jamais à d'aussi déplorables conséquences.

Mais enfin, dira-t-on, il n'y aura plus d'unité. Et pourquoi? Est-ce que le préfet n'est pas l'agent révocable du pouvoir central? est-ce qu'il ne doit pas s'inspirer de ses instructions, obéir à ses ordres? Est-ce qu'il n'y a pas auprès des ministres des inspecteurs permanents que l'on peut employer au contrôle de ces services? Et enfin, où serait le grand mal, si dans les détails quelques nuances se manifestaient, si les routes départementales du midi n'étaient pas construites sur les mêmes données que celles du nord, si des systèmes différents se trouvaient en présence pour le régime des eaux, et pour tant d'autres points de détail? Ces nuances existent bien dès à présent, malgré les entraves de la bureaucratie; elles tiennent souvent à la force même des choses, et si elles se prononçaient davantage, la France ne serait pas perdue; loin de là, elle gagnerait en originalité, en énergie morale, en patriotisme, si sur chacun des points de son territoire il existait des centres indépendants de direction, et si toutes les intelligences ne se courbaient pas forcément sous les intelligences d'une seule ville?

Nous pourrions ajouter bien des choses, mais nous sortirions de notre sujet, et, après avoir signalé ces causes premières des catastrophes présentes, abordons le second chapitre.

Désastre des intelligences. De nos jours l'instruction a pris un caractère réellement bien funeste. Au lieu d'être sérieuse, elle veut être brillante, et gagner en superficie ce qu'elle perd en profondeur. C'est un vernis général et uniforme qui se répand à couches plus ou moins épaisses sur les masses, mais qui pénètre à fond bien peu d'esprits. Il y a peut-être moins d'hommes totalement ignorants que par le passé, mais il y a très-certainement beaucoup moins d'hommes de labeur et de science consciencieuse. Presque partout les études fortes, tenaces, le *labor improbus* manquent, et après l'éducation du collége et le baccalauréat, on se repose dans son savoir, et on ne pense plus au travail intellectuel. Une carrière que l'on suit plus ou moins machinalement, ou bien une facile oisiveté, voilà toute la vie.

Si cet état de choses n'avait pour résultat que d'abaisser le niveau de la science, ce serait déjà un mal immense; car le culte de la poésie, le culte des lettres, le culte de l'histoire élèvent une nation, ennoblissent ses facultés et la rendent capable de généreuses entreprises. Mais la légèreté de nos études se réflète de la manière la plus triste sur nos caractères. Les moindres villes abondent en hommes capables de faire un article de journal plus ou moins correct, plus ou moins amusant, de défaire ou de refaire dans un club ou dans un café l'état social d'une manière plus ou moins plausible, de reconstituer les nationalités européennes sur des bases telles quelles, et qui lancent leurs idées au vent sans s'inquiéter si elles produisent le calme ou la tempête; mais où sont les hommes ayant creusé le sujet dont ils parlent, ayant passé leurs nuits à vérifier un fait qu'ils énoncent, ayant visité à fond le pays dont ils font à leur guise la constitution? Il y en a peut-être, mais ce ne sont pas ceux-là qui sont les plus en évidence dans les combinaisons politiques, les mieux accueillis par le public, les plus disposés à donner le branle à l'opinion. Oui, vraiment, lorsque, contemplant l'histoire de nos quarante dernières années, sans esprit de parti, on se demande quel est le caractère le plus saillant de nos économistes, de nos hommes d'Etat, quelle est la cause du peu de consistance de leurs systèmes, on ne peut s'empêcher de dire que c'est la légèreté. Pour un homme qui pense avant d'agir, il y en a mille qui agissent sans penser. On veut *arriver*, en littérature, en histoire, en économie politique comme en industrie. On veut faire sa fortune scientifique en dix ans, comme quelques fabricants ont fait leur fortune commerciale ; à mesure que l'on apprend une chose, on la professe ; avant de la bien posséder, on se hâte de la jeter ainsi mal préparée dans l'intelligence des autres ; on veut faire son livre, et, avant qu'il soit conçu, on détermine combien il aura de pages et de volumes. Que disons-nous, un livre? Le livre est trop long par lui-même pour l'impatience du lecteur et de l'écrivain. On le coupe en livraisons, on le dissèque en feuilletons, on l'étire en pièces de théâtre ; car il faut que le lecteur lise à petite dose, que son intelligence ne soit pas trop absorbée par le sérieux du sujet comme par la longueur de l'étude, et c'est sous cette forme indécise que l'histoire, déguisée en roman, que les questions sociales, découpées en articles de journaux, apparaissent à l'intelligence publique. Aveugles conducteurs d'aveugles, n'est-ce pas le cas de le dire ?

Si maintenant on recherche la cause de ce mal, on le trouvera sans doute dans nos esprits, mais plus encore dans nos institutions et dans nos mœurs. La facilité des communications, la fusion des classes diverses de la société, la multiplicité des occupations nous conduisent forcément à ce résultat. Comme on veut tout connaître, il faut tout effleurer, comme on veut tout faire, il faut ne rien faire qu'à moitié. On est sans cesse par voies et par chemins, grâce aux nouveaux moyens de transport; on fréquente tout le monde et non plus seulement une société déterminée ; on est à la fois homme du monde, administrateur, député, membre d'un conseil général, maire de sa commune. Entre ces mille riens ou ces mille devoirs, le temps s'échappe sans qu'aucun labeur approfondi puisse être entrepris ; et si l'esprit acquiert par là plus de facilité, ce n'est qu'en devenant plus incapable d'attention prolongée.

Ce malaise est difficile à guérir, comme tous ceux qui atteignent l'intelligence. On réforme en quelques mois une administration ; on ne guérit qu'après de longues années l'agitation morale d'un peuple ; mais il ne faut pas toutefois se lasser de le dénoncer. Si en effet notre génération souffre profondément des travers de notre éducation, sa première pensée doit se reporter sur les générations plus jeunes et pour lesquelles il n'y a point encore de pli funeste. Une éducation plus forte, plus prolongée, plus sévère, ajoutons ce mot trop oublié, en fera des générations plus dignes de la France ; une instruction plus précise et plus technique en fera des esprits plus positifs et plus pratiques ; et ici se révèle la nécessité de la concurrence dans les méthodes, de la lutte et de la rivalité dans les écoles, de la liberté d'enseignement, en un mot, liberté que les pouvoirs précédents ont aveuglément refusée, mais qui ne peut plus être déniée aujourd'hui sans entraîner le pays dans une décadence complète. La liberté d'enseignement, voilà le premier remède, en même temps que le plus efficace ; car si, d'après une parole célèbre, on continue à jeter toutes les intelligences dans le même moule, que peut-il en résulter, sinon la destruction de toute originalité, sinon la monotonie, non pas du savoir, mais de la médiocrité ? La liberté d'enseignement, voilà le palladium contre ces fausses doctrines qui ne germent dans le pays que parce qu'elles rencontrent des esprits superficiels et superficiellement élevés ; le rétablissement de la concurrence entre tous les systèmes, entre toutes les méthodes, voilà l'arme la plus sûre pour combattre le socialisme, ce fils de l'illusion et du demi-savoir. La nécessité qui, il y a un an, en paraissait douteuse à tant d'esprits, se révèle chaque jour, à mesure que l'on voit combien peu la jeunesse sort studieuse, réfléchie, respectueuse, des écoles de l'Université et des lycées du privilége.

Une autre leçon est à tirer, au point de vue qui nous occupe, des crises par lesquelles nous venons de passer. C'est de renoncer à cette funeste tolérance qui peu à peu avait gagné tous les esprits, et sous le prétexte de la bonne foi faisait absoudre, faisait même aimer jusqu'à un certain point les erreurs les plus étranges en politique, en histoire, en poésie, en économie politique. Comme on jouissait de la paix la plus profonde, et qu'il semblait que rien ne devait la troubler, chacun admettait ou du moins laissait passer sans protestation ces doctrines excentriques, dans lesquelles on ne voyait que des écarts amusants de l'imagination, dont personne n'apercevait le danger pratique. Sûr que l'on était du dogme de la propriété, de la famille, on permettait aux esprits aventureux de décomposer, de saper ces bases de toute société, avec autant de sécurité qu'on laisse un chimiste analyser dans son laboratoire les éléments les plus nécessaires à la vie humaine ; et pendant que ces jeux imprudents amassaient la foudre sur nos têtes, on applaudissait aux saillies d'esprit, aux éclairs de poësie qui cachaient le péril à nos yeux fascinés.

Aujourd'hui, il est temps de revenir à des principes plus sévères. Maintenant que ces théories d'organisation du travail, de phalanstère, de communisme, de fraternité universelle ont éclaté en révolutions, que l'ordre social a failli s'y abîmer tout entier, une semblable tolérance de la part de l'opinion ne serait plus indulgence, mais faiblesse condamnable. On peut permettre à Platon de composer une république idéale lorsque le sol est ferme sous les pas de tous ; mais on ne doit plus tolérer, que, sous prétexte de gymnastique intellectuelle, on vienne soulever les masses, faire pénétrer dans les esprits ignorants des espérances sans réalisation possible, et précipiter la nation dans une interminable série de luttes sanglantes et d'odieuses spoliations. C'est à l'opinion publique à suppléer par ses rigueurs aux lacunes de la loi. A l'exemple du peuple américain, du peuple anglais, les peuples les plus libres mais les plus pratiques du monde, c'est aux classes éclairées de la France à faire justice de ces rêves, non pas seulement pendant quelques mois, non pas seulement lorsque l'orage gronde, mais toutes les fois qu'ils se produisent au grand jour, et à faire tomber sous la réprobation universelle ces effroyables théories, lors même qu'elles échappent à la Cour d'assises : par là seulement la société s'assoiera sur des bases solides ; car les conspirations des hommes insensés ou pervers ne réussissent que par l'apathie ou la connivence des honnêtes gens ; et n'est-ce pas conspirer que de laisser passer dans le langage, dans les mœurs, des doctrines qui renversent tout et ne reconstruisent rien, qui jouent le bonheur du monde sur un coup de dés, et une fois les calamités amoncelées sur les populations, répondent stoïquement : *Alea jacta est ?*

Désastre des fortunes. On l'a dit avec beaucoup d'esprit : il n'y a point de partis dans les mathématiques, parce que les cosinus et les cotangentes ne peuvent flatter aucune passion ; mais s'il arrivait que derrière une des combinaisons de l'algèbre se cachât un intérêt de parti, la guerre envahirait à l'instant ce paisible domaine de la science. Cette assertion se trouve vérifiée par la différence des appréciations de la crise financière qui trouble la France ; suivant les uns, elle existait aussi terrible avant le mois de février, suivant les autres elle ne date que du 24 février à midi, c'est-à-dire à compter de la proclamation de la République. Les chiffres sont alignés de part et d'autre, ils sont rangés en colonnes serrées, et ils marchent les uns contre les autres avec ordre et méthode.

Toutefois il est difficile, lorsqu'on est impartial, de ne pas trancher promptement la question. Elle se résume en une phrase : Avant février nous souffrions d'une maladie de langueur ; depuis février, la maladie s'est compliquée d'une apoplexie presque foudroyante. Et, en effet, les faillites, les suspensions, soit en France, soit en Angleterre et en Belgique, se succédaient sans relâche depuis dix-huit mois ; mais c'était, à tout prendre, un état normal, quoique violent ; il n'atteignait que telles ou telles branches de commerce et d'industrie, les spéculateurs surtout ; mais il ne frappait pas à la fois les rentiers, les capitalistes, les porteurs de bons du Trésor et des Caisses d'épargne, les propriétaires d'immeubles, les industriels de toutes les classes ; il ne paralysait pas tous les capitaux, n'empêchait pas toutes les rentrées comme tous les placements, et ne produisait pas cet effet presque unique, dans les annales financières, d'une nation, qui voit disparaître son numéraire, et qui ne sait, en même temps, à quel usage employer le peu qui lui reste.

La monarchie de Juillet ét la République doivent donc supporter l'une et l'autre une part du blâme, et puisqu'il ne s'agit pas d'un simple coup de tonnerre au milieu d'un ciel serein, mais d'un orage lentement amoncelé pour éclater brusquement ensuite, il importe de rechercher les causes de la tourmente ; il importe de les rechercher en ce qui concerne l'Etat comme en ce qui concerne les particuliers.

Les fautes de l'Etat sont évidentes pour tout homme de bonne foi ; car nos ministres des finances ne semblent s'être posé d'autre problème que de dépenser le plus possible dans le moins de temps possible. Sans doute ces écus disséminés n'ont pas été tous improductifs ; bien au contraire, ils se sont échangés contre des travaux utiles, des routes, des canaux, des chemins de fer, qui ont doublé, quelquefois décuplé la valeur de certains pays ; mais, si on n'a pas de blâme assez sévère pour une banque qui voudrait engager constamment son fonds dans des entreprises à long terme, escomptant toujours ses bénéfices et faisant des revenus avec ses capitaux, que doit-on dire d'une administration, qui, sans se préoccuper des questions politiques prêtes à surgir d'un instant à l'autre, des guerres extérieures pas plus que des troubles civils, a engouffré millions sur millions, a commencé sur tous les points du territoire des travaux qu'elle n'achèvera peut-être jamais, a fait des canaux côte à côte des chemins de fer, et des routes à côté des canaux, et a voulu enfin en quelques années couvrir la France de ports, de fortifications,

de monuments, de voies de communication, comme si le développe-
ment de la prospérité, pour être durable, ne devait pas être lent et
mesuré ? Quoi qu'on fasse, quoi qu'on dise, il y a là une faute que le pays
pourra pardonner, mais qu'il ne devra jamais oublier, pour ne pas y
tomber de nouveau.

Mais ce qui est sans remède, c'est l'impulsion fâcheuse qu'on a donnée
à certains travaux, c'est l'agglomération des ouvriers qu'on a produite
dans certaines villes, c'est la concentration de la grande industrie dans
quelques points privilégiés. Après la révolution de Juillet, 100 millions
furent votés pour terminer à Paris les monuments inachevés, et, depuis,
cet exemple a été suivi nombre de fois, quoique sur une plus petite
échelle. Et le public d'applaudir, parce qu'on avait donné du travail
aux ouvriers. On ne s'aperçut pas qu'on l'avait seulement déplacé ; que
ces 100 millions, que probablement on ne tirait pas de terre, mais de la
poche des particuliers, auraient été employés en dépenses quelconques
sur tous les points de la France, et n'auraient pas concentré les ouvriers sur un point qu'il aurait fallu, au contraire, tendre à dégarnir.
On ne s'aperçut pas surtout qu'on surexcitait d'une manière fébrile certaines industries, et qu'une fois les travaux achevés, on ne saurait plus
comment alimenter ces industries. On ne vit pas toutes ces choses, et en
même temps que l'on ruinait le crédit et qu'on épuisait les ressources de
l'Etat, on préparait pour la population ouvrière de longs chômages et de
douloureuses révolutions.

Dépenser trop, dépenser mal, voici déjà deux fautes capitales ; une
troisième en fut la conséquence : c'est la mauvaise direction que l'on
imprima à l'industrie privée.

De toutes les industries, les plus dangereuses sont les industries de
luxe. Comme elles ne répondent pas à des besoins impérieux, elles sont
les premières atteintes par les crises financières ou politiques ; c'est
sur elles qu'à la moindre commotion frappent le plus vite les réductions
de dépenses ; c'est sur elles qu'on économise le plus naturellement et
de la manière la plus aisée. Un gouvernement sage devrait donc prendre pour règle de conduite de les laisser à leurs propres forces, et surtout de ne pas y pousser les populations. Car s'il est dans l'état de notre
civilisation un luxe normal, pour ainsi dire, en rapport avec notre richesse et avec nos mœurs, un luxe par conséquent qui vivra de lui-
même et sans secours artificiel, il n'est pas de calcul plus faux, que de
vouloir exagérer cette branche de notre industrie par des tarifs protec-
teurs, par des subventions, par des exemples. Or, ce calcul, le gouvernement l'a fait pendant trop longtemps. Il a mis son honneur à faire
entrer la nation dans cette voie de toutes les manières possibles ; il y a

marché le premier, y a entraîné à sa suite les villes et les départements ; il a mis le cachet de l'élégance et du luxe, non-seulement dans
ses monuments, mais jusque dans ses hospices ; depuis la malle-poste
jusqu'à la frégate de guerre, il a fallu que tout participât à cette al-
lure nouvelle, et contribuât à propager l'habitude du comfort. La conséquence était bien simple : les particuliers cédèrent à cet élan. Alors,
Paris et toutes les grandes villes devinrent d'immenses manufactures,
de gigantesques bazars ; les boutiques s'y multiplièrent comme par
enchantement ; elles envahirent des rues entières et des boulevards
semblables à des villes ; elles se firent élégantes, somptueuses. Sous prétexte de favoriser les arts, on put dîner dans des cafés dont les peintures
coûtaient jusqu'à des 40,000 francs ; on put acheter des gants sur des
comptoirs de palissandre, et se faire habiller par des tailleurs à brillants
équipages. Ce mouvement parut d'abord admirable : les propriétaires
virent leurs loyers doublés, les ouvriers leurs journées singulièrement
augmentées, le fisc perçut en patentes et en valeurs locatives des impôts
bien supérieurs à ceux des années précédentes. Mais la médaille devait
bientôt se retourner et comme d'elle-même. Car il ne suffit pas d'ouvrir
des comptoirs, il faut y attirer des pratiques, et le public, disséminé
entre tant de marchands, ne pouvait pas acheter chez tous. Il ne suffit pas
d'obtenir des commandes, il faut se les faire payer ; et, comme les ache-
teurs avaient mesuré leurs dépenses sur leurs fantaisies bien plus que
sur leurs revenus, les faillites partielles des uns, le temps d'arrêt des
autres jetèrent le trouble dans l'industrie. La crise européenne des chemins de fer survenant, la crise agricole s'y joignant par surcroît, on en
était arrivé à la nécessité d'une immense liquidation lorsque survint la
révolution de Février. Il est inutile de dire le reste.

De leur côté, les particuliers, et nous ne parlons plus seulement des
industriels, n'avaient pas commis moins de fautes. Un grand nombre,
étrangers aux affaires, s'y étaient précipités en aveugles. Propriétaires
et rentiers, hommes de loisir et de vie facile, ils avaient voulu se trans-
former en spéculateurs ; ils avaient emprunté pour acheter des ter-
rains, des rentes, des actions industrielles ; domestiques, petits rentiers,
ils avaient échangé leur modeste aisance contre la vie du comptoir et
de la boutique. Tous, attirés par l'espoir d'un gain trop rare toutefois,
par l'apparence de bénéfices rebelles à se réaliser, ils avaient aliéné
le certain pour l'incertain, l'*aurea mediocritas* pour le fabuleux *Eldo-
rado ;* et comme bien peu avaient le sang-froid, le coup d'œil nécessaires à ces opérations, les pertes dépassaient de beaucoup les bénéfices.

En même temps, l'attraction des grandes villes s'exerçait sur une
vaste échelle au détriment des campagnes. Paris, siége du pouvoir

et de toutes les administrations, était devenu, par la même raison, le rendez-vous de toutes les intelligences d'élite, de tous les étrangers de distinction, et le centre de tous les plaisirs. A côté de cette existence facile et pleine d'émotions, que la vie de campagne paraissait monotone, que le séjour d'une ville en province semblait fastidieux! Loin des nouvelles, loin de l'agitation des Chambres, loin de l'élégance des salons, on périssait d'ennui dans ces résidences, où nos pères avaient passé une vie pleine de satisfaction, quelquefois même de grandeur. Les résultats de cette émigration étaient bien faciles à voir et se révélèrent promptement. Pour s'amuser à Paris et pour y briller, il fallait une grande fortune, ou du moins de grandes dépenses. Sans s'inquiéter de la fortune, on fit les dépenses; on s'endetta à Paris pour faire des économies à la campagne; au lieu de soigner ses terres, on ne songea plus qu'à les pressurer; au lieu de répandre autour de soi dans les provinces une industrie bienfaisante, parce qu'elle avait des débouchés constants, on la laissa dépérir dans les départements pour la surexciter à Paris. De là, deux conséquences funestes, pour les fortunes privées d'abord que ce désordre attaquait sérieusement, puis et surtout pour l'industrie que l'on déplaçait de la manière la plus imprévoyante.

Aujourd'hui que faire en présence des ruines qu'a creusées la crise financière? Prendre juste le contre-pied du chemin qu'on a parcouru; car les désastres complets au milieu desquels nous nous trouvons sont une excellente occasion, parce qu'ils laissent le champ libre et qu'ils ont brisé toutes entraves. Si on laisse, au contraire, passer le moment sans en profiter, ce sera pour recommencer la même carrière de déceptions.

La première maxime financière de l'État doit être l'économie. Après les journées de février, chacun était en recherche de vastes plans financiers, et Dieu sait si les projets ont manqué; et comme aucun ne réussissait, chacun appelait de ses vœux un ministre des finances doué d'un vaste génie et de conceptions hardies. Pour nous, nous sommes plus modéré, dans nos désirs. Convaincu, que la science financière existe depuis Sully et Colbert, nous pensons avec un des meilleurs ministres des finances de la Restauration, que le seul rôle du Secrétaire d'État chargé de ce département est de s'asseoir sur la caisse et d'en défendre l'entrée. Une fois l'hiver traversé, que l'on tranche donc impitoyablement dans toutes les dépenses; que l'armée d'abord subisse une large réduction, et que les travaux publics soient restreints; que tout monument reste inachevé, s'il le faut, pendant de longues années, tant qu'il ne répondra pas à un besoin impérieux; bornons toutes nos ressources, et ce sera peut-être trop encore, à achever les travaux utiles qu'on a commencés sur des bases trop gigantesques, mais qu'on ne peut pas laisser improductifs ; supprimons ce budget extraordinaire des travaux publics, cette dangereuse fiction au moyen de laquelle les millions se sont engouffrés ; vendons en temps opportun et avec précaution une partie des forêts de l'Etat, car les temps sont assez extrêmes pour qu'on use de toutes ces ressources ; réalisons de sérieuses économies dans les services par la décentralisation de tout ce qui peut sans inconvénient être remis à la libre gestion des départements ; faisons jouer enfin notre amortissement, lorsque les prix des rentes sont aussi favorables, ou sinon ayons la franchise d'y renoncer. Sans ces mesures extrêmes et tranchées, les finances publiques seront constamment sous le coup d'une honteuse banqueroute, honteuse, nous disons le mot, parce qu'il ne dépend que de notre énergie de l'éviter.

En second lieu, l'Etat doit, autant qu'il est en lui, éloigner les manufactures des grands centres de population. Excepté à l'égard de quelques industries qui ne peuvent s'exercer que dans les villes, il doit prendre pour règle de refuser toutes les autorisations nouvelles pour les ateliers insalubres et incommodes, pour les machines à vapeur, en deça d'un rayon assez éloigné de Paris, de Lyon, de Marseille, de Bordeaux, de Rouen ; il faut qu'il porte sur les lignes de fer qu'il exploitera ou concédera tous les ateliers de fabrication à une quinzaine de lieues des grandes villes, au lieu d'y accumuler les gares centrales, et qu'il cherche à l'obtenir des compagnies anciennes ; il aura fait ainsi deux bonnes choses à la fois ; car en même temps qu'il aura porté la vie dans des pays qui en sont privés, il aura délivré Paris de ces agglomérations d'ouvriers, d'où sortent si facilement les grèves, les émeutes et les insurrections, et il aura établi des conditions plus normales de l'offre et de la demande, de la production et de la consommation. Trop longtemps on a voulu ne voir la prospérité que dans l'accroissement de la population, et non pas dans sa bonne répartition. On a appelé sans règle et sans mesure les ouvriers, et l'on s'est réjoui, lorsqu'au bout de cinq années l'administration pouvait dire : « Notre ville a augmenté de tant de centaines de mille âmes. » Comme si c'était le tout que d'appeler à la vie des êtres nouveaux ! Comme s'il ne fallait pas se préoccuper avant tout de leur bonheur ! Comme s'il n'avait pas été écrit dans les livres saints cette parole profonde : *Multiplicasti gentem, non multiplicasti lætitiam.*

Un changement analogue doit s'opérer dans la conduite des particuliers. Sous l'impression des grands événements de février, ils ont compris combien il était imprudent à eux d'avoir déserté la vie des campagnes et des provinces, pour aller anéantir leur influence dans le bruit et l'agitation des grandes villes. A Paris, sans doute, la vie est plus agréable et plus facile ; mais quelle action politique peut y donner à l'homme riche la fortune qu'il possède? Au profit de quelle idée peut-il user de ces revenus que la Providence a mis entre ses mains, non pas simplement pour en jouir à son gré, mais pour les répandre en dépenses utiles et bienfaisantes pour la société entière? Dans cet immense mouvement, chacun est perdu, absorbé, annulé; et si cet état de choses se tolère dans un temps calme, quels dangers ne décèle-t-il pas au moindre orage? Aussi, depuis dix mois, le rapatriement, nous ne voulons pas dire l'émigration à l'intérieur, s'est-il opéré sur une vaste échelle; les villes de premier ordre ont vu leur enceinte se dégarnir au profit des cités moins importantes et des campagnes naguère si dédaignées. C'est là que se sont réfugiées les grandes, les moyennes fortunes, pour y chercher, non pas seulement la tranquillité, mais aussi une juste et légitime influence. Bien des personnes s'en affligent et s'effraient du coup funeste qui doit en résulter pour le commerce. Quant à nous, nous ne pouvons partager ces appréhensions. On craint pour le commerce. Soit! Mais pour quel commerce, demanderons-nous? Celui de Paris : pour celui-là, les appréhensions sont possibles. Mais le commerce de Paris est-il celui de toute la France? N'y a-t-il pas d'autre industrie que celle qui s'exerce dans l'enceinte du mur d'octroi de la capitale, et nos petites villes, si solitaires depuis quelques années, si abandonnées par toutes les personnes aisées, n'ont-elles pas une revanche à reprendre, un commerce à raviver, une industrie à ressusciter? Et ce commerce, n'est-il pas plus digne d'intérêt que celui de Paris : d'une part, parce qu'il assure le pain d'un plus grand nombre d'individus, et de l'autre, parce que, moins exposé aux variations, il est plus consciencieux et plus solide? Qu'on cesse donc de parler de l'intérêt du commerce; le commerce est hors de cause, ou plutôt il est intéressé au plus haut degré à ce que la consommation puisse se répartir sur des points plus divers, pour que la production se décentralise en même temps; il est intéressé, pour s'asseoir sur des bases raisonnables, à ce que les débouchés deviennent plus constants, à ce que la main-d'œuvre puisse s'abaisser, sans nuire au bien-être des ouvriers; car l'intérêt le plus haut du commerce n'est pas que quelques individus y fassent une fortune brillante, mais que le grand nombre puisse y vivre honorablement.

A ce point de vue donc, le retour à la vie de province est un bien pour le pays tout entier.

La richesse générale d'un pays repose en définitive exclusivements la richesse des particuliers, et l'aisance des individus n'a d'autre sauvegarde que l'économie, c'est-à-dire la prudente répartition de la recette et de la dépense. Hors de là, tout est illusion pour la fortune publique;

car si les individus mangent tout leur revenu, plus que leur revenu, la
conséquence nécessaire est la diminution plus ou moins rapide de la richesse générale. Or, les grandes capitales entraînent nécessairement de
grandes dépenses. 30,000 francs par an à dépenser à Paris constituent
une aisance assez bornée dans un certain monde ; à Londres, ils repré-
sentent une médiocre fortune ; en province, au contraire, là où les
loyers sont bon marché, les équipages modestes, les ameublements sim-
ples encore, c'est une position magnifique. Avec une semblable fortune,
on peut chaque année faire quelques économies, entreprendre des amé-
liorations, planter des terres incultes ou les défricher, si on en a le
goût, ou sinon aider ses fermiers à le faire. Et, ce que nous disons de
ces fortunes si rares peut se dire aussi de positions plus modestes, où
les dépenses diminuent en proportion. D'où il faut conclure que la vie
de campagne, lorsqu'elle est en honneur dans un pays, contribue à son
bien-être d'une manière puissante, puisqu'elle force l'économie et
qu'elle tend à développer l'agriculture, cette base de toute richesse vé-
ritable.

Un autre avertissement est donné aux particuliers par les circon-
tances présentes, c'est celui d'éclaircir leurs positions financières par
une sérieuse liquidation. Il est vrai qu'une telle entreprise est labo-
rieuse, rude même ; qu'il faut consentir à soulever le voile sur bien des
plaies qu'on se tenait cachées à soi-même ; qu'il faut se faire sa confes-
sion générale, et revoir toutes ses fautes financières pour les éviter
désormais. Mais, d'un autre côté, la nécessité a-t-elle jamais été plus
urgente ? La crise que nous venons de traverser n'a-t-elle pas démontré
jusqu'à la dernière évidence, qu'à force d'entasser difficultés sur difficultés, à force d'emprunter pour faire de bonnes affaires ou pour se tirer des mauvaises, on pouvait, même avec une position excellente au
fond, se trouver réduit à la dernière gêne, à la dernière extrémité ?
Paris n'a-t-il pas été plein d'hommes riches à millions, et qui seraient
tombés dans la ruine la plus complète, si leurs créanciers eussent exigé
d'eux quelques centaines de mille francs ? La liquidation, la liquidation
définitive, tel est encore le nouvel enseignement qui ressort de ces crises. Puisse-t-il être écouté !

Passons à un dernier objet par lequel nous terminons cette revue.

Aujourd'hui toutes les industries sont presque à terre, celles de luxe,
comme celles de nécessité première. Quelles seront celles qu'on cher-
chera de préférence à relever ? La question est importante pour l'avenir
du pays ; mais la solution ne doit pas être douteuse, si ce que nous
avons dit plus haut des industries de luxe est exact. Il faut que les capitaux se tournent de préférence vers ces productions d'un écoulement

toujours assuré, parce qu'elles répondent aux besoins de tous, vers la confection des objets de première nécessité, qui ont tout un peuple pour débouché, et non pas quelques centaines de mille individus. Il faut que la base de notre industrie soit une base populaire; que nos manufactures songent surtout à produire à bon marché les objets qui vêtissent le paysan et l'ouvrier, qui sont nécessaires à leur bien-être, à leur santé, à leur vie. Par là, elles s'épargneront bien des crises et des commotions; car ces besoins sont trop réels pour être mobiles, et trop impérieux pour ne pas être satisfaits. Il faut surtout que l'on soit modéré et prudent; qu'au premier éclairci, on ne mette pas toutes ses voiles dehors sans songer à l'orage, et que chacun, au contraire, s'occupe de réparer ses désastres par la vigilance, l'ordre et le travail, bien plus que par des spéculations aventureuses et des entreprises cemmerciales auxquelles il n'est point habitué. Franklin a dit quelque part : « Si quelqu'un vous « dit que vous pouvez vous enrichir autrement que par le travail et l'é- « conomie, ne l'écoutez pas. C'est un empoisonneur. »

Nous terminons par cette parole profonde, qui devrait être inscrite partout, dans nos écoles primaires comme dans nos assemblées législatives, dans la chaumière du paysan comme dans la demeure des grands fonctionnaires de l'Etat; elle est le résumé et la conclusion de nos idées sur cette matière.

En nous arrêtant ici, nous laissons bien d'autres sujets d'études à approfondir pour compléter le tableau des enseignements de la situation présente. Le chrétien, l'homme d'Etat ont, en dehors de ces quelques idées, bien d'autres pensées à méditer. Mais c'est un article de revue et non un livre que nous avons entrepris.